泰戈尔诗歌精选

季羡林题

江左风流 过江诸人 雅集之地

[印章]

泰戈尔在作画

泰戈尔约40岁时

垂暮之年的泰戈尔

花（泰戈尔画）

暮年的泰戈尔仍然在写作（1940年）

经过修改的诗稿

康复后的泰戈尔

白花（泰戈尔画）

泰戈尔的画作

阅|读|公|社
Reading Commune

外语教学与研究出版社　北京

泰戈尔诗歌精选

／生命诗

# 我是人间的诗人

泰戈尔　著
董友忱　编

图书在版编目（CIP）数据

我是人间的诗人：生命诗／（印）泰戈尔著；董友忱编. —
北京：外语教学与研究出版社，2015.4（2015.11 重印）
（泰戈尔诗歌精选）
ISBN 978-7-5135-5976-8

Ⅰ. ①我… Ⅱ. ①泰… ②董… Ⅲ. ①诗集－印度－现代
Ⅳ. ①I351.25

中国版本图书馆CIP数据核字(2015)第091500号

出 版 人　蔡剑峰
责任编辑　徐晓丹　　向凤菲
装帧设计　覃一彪
出版发行　外语教学与研究出版社
社　　址　北京市西三环北路19号（100089）
网　　址　http://www.fltrp.com
印　　刷　三河市北燕印装有限公司
开　　本　889×1194　1/32
印　　张　5.5
版　　次　2015年5月第1版 2015年11月第2次印刷
书　　号　ISBN 978-7-5135-5976-8
定　　价　24.90元

购书咨询：（010）88819929　电子邮箱：club@fltrp.com
外研书店：http://www.fltrpstore.com
凡印刷、装订质量问题，请联系我社印制部
联系电话：（010）61207896　电子邮箱：zhijian@fltrp.com
凡侵权、盗版书籍线索，请联系我社法律事务部
举报电话：（010）88817519　电子邮箱：banquan@fltrp.com
法律顾问：立方律师事务所　刘旭东律师
　　　　　中咨律师事务所　殷　斌律师
物料号：259760001

# 目 录

# 序

郁龙余

全世界的诗歌爱好者都对泰戈尔心存感激。他以72年的诗龄，创作了50多部诗集，为我们奉献了如此丰富的佳作，真是独步古今。

善良、正直是诗人永恒的本质。睿智、深邃和奔放是诗人不死的魂魄。泰戈尔赢得了一代又一代中国人的尊敬和喜爱。在教育部推荐的中学生课外阅读书目和大学中文专业的阅读参考书目中，均有泰戈尔诗集。

泰戈尔作品在中国的广泛传播，得益于冰心、徐志摩、郑振铎等人。他们搭起语言的桥梁，将泰戈尔迎到了中国。然而，泰戈尔绝大多数作品是用孟加拉语写的，从英语转译犹如多了一道咀嚼喂哺。这次由董友忱教授编选的"泰戈尔诗歌精选"丛书的最大优点是，除了冰心译的《吉檀迦利》（由泰戈尔本人译成英语）、《园丁集》和郑振铎译的《飞鸟集》外，全部译自孟加拉语原文。这样，就保证了文本的可信度。

泰戈尔七十多年的创作生涯，给我们留下了大量优美的诗篇。"泰戈尔诗歌精选"丛书从哲理、爱情、自然、生命、神秘、儿童6个方面切入，囊括了泰戈尔诗歌创作的主要题材。也就是说，"泰戈尔诗歌精选"丛书各集的选题是正确的。接着就是选诗的问题了，到底能否做到精选？泰戈尔和其他诗人一样，创作有高潮，也有低潮；有得意之作，也有平平之作。如何将泰戈尔的得意之作选出来，优中选优，这就需要胆识与才气了。这套丛书的选编者董友忱教授，完全具备了这种胆识与才气。作为一位著名的孟加拉语专家，《泰戈尔全集》的主要译者之一，董友忱教授既对泰戈尔作品有着极好的宏观把握，又对其诗作有着具体而深刻的体悟，同时还具有精益求精的完美主义精神，这是我建议董友忱教授编选这套丛书的全部理由。经过两年的努力，"泰戈尔诗歌精选"丛书终于编选完毕，这是董教授交出的漂亮答卷。

我相信，"泰戈尔诗歌精选"丛书一定会得到中国读者的喜爱。

# 临走时你怎能空手

谁说要抛弃一切，
　　　当你①被死神捉住。
你一生获得的东西，
　　　临终时全部带走。
来到这琳琅满目的宝库，
　　　临走时你怎能空手！
该你拿的珍宝，
　　　你只管装箱带走。

一堆一堆的垃圾，
　　　平日你也储存，
临走时若清除干净，
　　　你会一身轻松。
来到人间，我当然
　　　要在这里打扮一番，
身着龙袍，含笑去参加
　　　死亡彼岸的盛典。

希拉伊达哈
1910 年

①指作者自己。

# 死神来到我门口

某天黄昏死神来到
　　你的门前，
这时你打算以什么
　　向他供献？
我将向他献上
　　我充实的生命，
决不叫他空手而归——
　　死神一旦来到我门口。

多少夜晚多少春秋，
多少黎明多少黄昏，
　　生命之杯里有多少情趣！
苦乐的光影之下，
我的心田盛开着鲜花，
　　处处是丰硕的果实。
　　　　我聚集的一切财富，
　　　　　长时间地积蓄收藏。
临终之日全部献上，
　　死神一旦来到我门口。

希拉伊达哈
1910 年

# 我的死亡

啊，我这一生的
　　　最后完满——
死亡，我的死亡，
　　　请对我讲。
整个一生为了你，
每天我都时刻警惕。
为了你我忍受着
　　　苦乐的煎熬。
死亡，我的死亡，
　　　请对我讲。


带着所得到、所拥有的，
　　　我的一切希望，
我的全部情爱，
　　　我悄悄流向你方。
我将要与你见面，
以纯洁的目光。
生命新娘是你的
　　　永远伙伴。
死亡，我的死亡，

请对我讲。

在我的心中，
　　花环已编好。
新郎打扮一新，
　　何时含笑静静地走来?
那时我的家将不复存在，
不管属于自己还是外人。
静夜里与主相会，
　　完成联姻。
死亡，我的死亡，
　　请对我讲。

　　　　　　　　　　希拉伊达哈
　　　　　　　　　　1910 年

# 死后我将获得新生

在我身上存有你的乐趣，
所以我才来到这个世界。
　　这屋子里敞开所有的门，
　　一切高傲将会消遁。
　　你的世界里充满欢乐，
　　我将不会留下什么稀珍。

死后我将获得新生，
在我身上存有你的乐趣。
　　我所有的愿望将会消失
　　在你的爱恋中。
　　在斑驳的苦乐生活中，
　　除你之外再也没有福祉。

　　　　　　　　1910 年

# 生与死犹如两个疯子

让一切歌调融于我最后的歌声，
我全部快乐都汇集在他的乐曲中。
　那是大地欢笑的快乐，
　那是草木摇晃的快乐。
　生与死犹如两个疯子，
　　在世界上游逛，快乐无穷——
　　那快乐汇入他的乐曲中。
快乐披着暴风雨的外衣来临，
高声大笑惊醒了沉睡之心。
　快乐含着泪花
　伫立在痛苦的红莲上，
　将所有的一切抛入尘土，
　　言语不会在快乐中终止，
　　那快乐汇入他的乐曲里。

1910 年

# 即使现在死去

你给予的使我心灵现在更加充实，
我不难受，即使现在死去。
　　白天黑夜多少欢乐痛苦，
　　这胸中奏响过多少乐曲。
　　你来我家换过多少衣服，
　　　　心灵之神啊，你变换过多少形式？
　　　　我不难受，即使现在死去。

我知道我未在心中迎接你，
我未得到属于我的一切东西。
　　我把收获归功于命数，
　　你慷慨地给予爱抚，
　　我知道你时刻陪伴着我——
　　　　我走了，驾着希望之舟。
　　　　我不难受，即使现在死去。

1910 年

# 我留下的话语

这是临走的一天
　　我留下的话语——
我看到的一切收获
　　都无可比拟。
　　光明之海滋养的
　　百瓣莲花的花蜜，
　　我曾畅饮，
　　　　我感到荣幸之极。
　　这是临走的一天
　　　　我留下的话语。

在宇宙景象的游戏室里，
　　我曾做过各种游戏，
我睁大双眼
　　欣赏无上之美。
　　不可触摸的美，
　　你分布于万千形体，
　　在这里你要收回，
　　　　就只管收回。

这是临走的一天

    我留下的话语。


        1910 年

我
是
人
间
的

诗
人

# 这一天终将过去

哦，我知道这一天
　　这一天终将过去。
黄昏时分，脸上
挂着惨笑的夕阳，
憔悴地告别，最后
　　一次对我的脸凝视。
路边笛音缭绕，
牛群在河滩上吃草，
枝头上鸟儿歌唱，
　　孩子们在庭院戏耍。
　　然而这一天，这一天终将逝去。

这是我对你的
　　恳求——
让我明白绿色原野
在我西去之前
为什么望着天幕，
　　对我呼唤？
为什么在夜深人静之时，
白天的阳光倾听

繁星的絮语?

　　为什么在心中卷起喜悦
的浪头?

　　这是我对你的恳求。
我离开人世的

　　那一天,
让我唱完最后一支
我谱写的歌曲,
六季①的花卉

　　已装满花篮。
我要借助生命的光辉,
一睹你的风采,
我要把我歌声的花环

　　挂在你的胸前,

　　在我离开人世的那天。


　　　　　　　　　红海上
　　　　　1913 年 9 月 18 日

我是人间的　　诗人

---

①印度一年分为六个季节。

# 人生之舟

疾风鼓满了歌曲之帆，
我的舵手，请坐下掌舵！
启航离岸，愿我们一路平安。
伴随着疾风的节拍，
人生之舟在波涛中上下颠簸。
舵手，请坐下掌舵！

白日消逝，夜晚来临，
码头上没有我的旅伴。
启航吧，砍断缆绳，
我在星光下航行，
启航时响起送别的歌声。
舵手，请坐下掌舵！

圣蒂尼克坦
1914 年

# 当死神来扣你门的时候

当死神来扣你门的时候，你将以什么供献他呢？

啊，我要在我客人面前，摆上我的满斟的生命之杯——我决不让他空手回去。

我一切的秋日和夏夜的丰满的收获，我匆促的生命中的一切获得和收藏，在我临终，死神来扣我门的时候，我都要摆在他的面前。

我是人间的诗人

# 我的死亡

啊，你这生命的最后的完成，死亡，我的死亡，来对我低语吧！

我天天在守望着你。为你，我忍受着生命中的苦乐。

我的一切存在，一切所有，一切希望和一切的爱，总在深深的秘密中向你奔流。你的眼睛向我最后一盼，我的生命就永远是你的。

花环已为新郎编好。婚礼行过，新娘就要离家，在静夜里和她的主人独对了。

# 生命默默地向我道别

我知道这日子将要来到，当我眼中的人世渐渐消失，生命默默地向我道别，把最后的帘幕拉过我的眼前。

但是星辰将在夜中守望，晨曦仍旧升起，时间像海波的汹涌，激荡着欢乐与哀伤。

当我想到我的时间的终点，时间的隔栏便破裂了，在死的光明中，我看见了你的世界和这个世界里弃置的珍宝。最低的座位是极其珍贵的，最小的生物也是世间少有的。

我追求而未得到的和已经得到的东西——让它们过去吧。只让我真正地据有那些我所轻视和忽略的东西。

# 召命已来

我已经请了假。弟兄们，祝我一路平安吧！我向你们大家鞠了躬就启程了。

我把门上的钥匙交还——我把房子的所有权放弃了。我只请求你们最后的几句好话。

我们做过很久的邻居，但是我接受的多，给予的少。现在天已破晓，我黑暗屋角的灯已灭。召命已来，我就准备启行了。

# 我爱今生

当我刚跨过此生的门槛的时候，我并没有发觉。

是什么力量使我在这无边的神秘中开放，像一朵嫩蕊，午夜在森林里开放！

早起我看到光明，我立时觉得，在这个世界里我不是一个生人，那不可思议、不可名状的，已以我自己母亲的形象，把我抱在怀里。

就是这样，在死亡里，这同一的不可知者又要以我熟识的面目出现。因为我爱今生，我知道我也会一样地爱死亡。

当母亲从婴儿口中拿开右乳的时候，他就啼哭，但他立即又从左乳得到了安慰。

# 我渴望死于不死之中

我跳进形象海洋的深处，希望能得到那无形象的完美的珍珠。

我不再以我的旧船去走遍海港，我乐于弄潮的日子早已过去了。

现在我渴望死于不死之中。

我要拿起我的生命弦琴，进入无底深渊旁边，那座涌出无调的乐音的广厅。

我要调拨我的琴弦，和永恒的乐音合拍，当它呜咽出最后的声音时，就把我静默的琴儿放在静默的脚边。

# 在人世之海

纵身跳进人世之海——
　　　他再不思念安全的海岸，
也不期望登上航船。
他只知道欢快地挥臂划水，
　　　在人世之海。

搏击轰鸣的海浪，
　　　他热血沸腾，
以跌宕起伏的旋律，
　　　心儿掀起波涛万顷。
　　　旭日的祝福铭记心中，
　　　遵从夕阳的命令，
他欢快地朝谁游去，
　　　在人世之海？

普达格亚

1914 年

我是人间的　诗人

# 生死

我热爱这人世，
　　我绕着圈子，
以我的生命
　　　将它缠紧。
清晨的光明、黄昏的幽暗
　　在我的感知中漂远。
最后，我的生命
　　和我的世界水乳交融。
我爱这世界的光明，
　　因而挚爱生命。

然而我终将谢世，
　　我知道这是真实。
　　　有一天，
我的话音不再随风飘散，
　　阳光，我的眼睛不再摄取，
我的心儿不再跳动，
　　响应朝阳火热的呼唤。
　　　我的耳畔，
夜晚不再诉说它的奥妙，

最后的话语，

　　最后的凝视，

　　　终将结束。

彻底的放弃

　一如

彻底的索取

　那样真实。

这两者之间存在共同点。

　　否则，

世界不能一直面带笑容，

　承受如此巨大的欺蒙。

它所有的阳光好似

　虫咬的鲜花，早已腐烂变黑。

　　　　　　　　苏鲁罗

　　　　　　　　1915 年

# 青春

哦，青春，你甘愿囚禁于牢笼？
　你不能在长刺的高枝上
　　　　摇舞羽翎？
　你是旅人，跋涉在无路的海边。
　你不安分的翅膀不知疲倦，
　　你执著地找寻陌生的巢。
　　　你的飞行不可阻挡。
　　　夺取风暴的电闪雷鸣
　　　　是你的崇高志向。

哦，青春，你是乞丐，寿命的乞丐？
　你是漆黑的死亡之林中的猎手，
　　　　你在布满蒺藜的路上行走。
　死亡为你在特制的杯中
　斟满美酒。
　　你的情人一脸羞赧，
　　　蒙着死亡的面纱静坐那边。
　　揭开那面纱，看，
　　　一张多么娇媚的面孔！

哦，青春，你练习哪首乐曲？
　　你的心声何时被干薄的纸张禁锢
　　　　　　在典籍里？
　　南风用七弦琴亲自弹奏出
　　你的心声，森林入神地聆听，
　　　　你的心声在毁灭的云团
　　　　和晨风中回荡不停。
　　你站在万顷波涛上面，
　　　　把胜利的锣鼓敲响。


哦，青春，你是自身界限的囚徒？
　　你务必奋力撕碎有关年龄的
　　　　　　幻觉的罗网。
　　用你利剑般的火焰
　　烧毁黑雾似的衰老，
　　刺破"衰颓"的胸膛，
　　　　愿你永远娇艳的花朵
　　　迎着朝阳，在一个个世界
　　　　岁岁开放。


哦，青春，你在泥地上卧躺？
　　懊恼地头顶着一桶垃圾，

你犹豫彷徨?

黎明把一顶璀璨的

金冠郑重地给你戴上。

　哦，诗人，一团火焰

燃烧在你的头上。

太阳从你的容颜上看见了

自己的肖像。

　　　　圣蒂尼克坦

　　　　1916 年

# 不朽形象的福音

好似天狗吞食丽日的漆黑巨口，
黄昏的黑影提前吞没了院落。
"开门！"外面响起了怒吼。
屋里的生命惊恐万状，
哆哆嗦嗦地顶着门，
插上门闩，
嗓音发颤地问："你是谁？"
又是雷鸣般的怒吼：
"我是土壤王国的使者，
时候到了，特来索债。"
门上的铁环咣啷咣啷响，
四壁剧烈地摇晃，
屋里的空气唉声叹气。
空中的飞禽扑扇着双翼，
像夜阑的心跳。
咚咚咚一阵擂击，
门闩裂断，
门板毁坏倒地。
生命颤抖着问：
"哦，土壤，哦，残酷者，

你要什么？"

"躯壳。"使者说。

生命长叹一声：

"这些年我的娱乐在躯壳里进行。

我在细胞里跳舞，

在血管里演奏音乐。

难道一瞬间我的庆典要遭到破坏——

笛箫折断，手鼓破裂，

欢乐的日子沉入无底的黑夜？"

使者不为所动：

"你的躯壳欠了债，

是还债的时候了——

你的躯壳必须返回泥土的宝库。"

"你要讨回泥土的借款，只管讨回。"

生命不服地说，

"你凭什么索取更多的东西呢？"

使者含讽带讥地说：

"你贫瘠的躯壳就像疲惫瘦弱的一勾残月——

里面还有什么值钱的货色！"

生命争辩道：

"泥土是你的，但形象不属于你。"

使者哈哈大笑，说：

"你如果能从躯壳上剥得下形象，就只管剥去好了。"

"我定能剥下。"生命发誓道。

生命的知音灵魂，

连夜赶往举行庆典的光的圣地，

合掌祈求："啊，伟大的光华！伟大的辉煌！

　　　　啊，形象的源泉！

不要在粗糙的泥土身边否定你的真理——

不要辱没你的创造！

使者有什么权力摧毁你创造的形象？

他念了哪条咒语令我潸然泪下？"

灵魂入定苦修。

一千年过去了，一万年过去了——

生命悲啼不止，

路上一刻不停地运送窃来的形象。

生物界昼夜回荡着祈祷：

"啊，形象塑造者！啊，形象钟爱者！

'僵固'这妖魔夺走你的赐予。

收回你的财宝吧！"


一个个时代消逝了。

隐隐传来天庭的圣旨：

属于泥土的回归泥土，

冥思的形象留在我的冥思里。

我许诺，让泯灭了的形象再度显现，

让无形体的影子抓住光的胳膊，

出席你目光的盛会。

法螺呜呜吹响，

形象重返抽象的画中，

从四面八方涌来了形象的爱慕者。


一天天过去了，一年年过去了。

生命依旧痛哭流涕。

生命有什么期冀？

生命双手合十说道：

"泥土的使者用残忍的手扼掐我的喉咙，

说：'喉咙是我的。'

我反驳说：

'泥土的笛子是你的，

但笛音不属于你。'

他听了冷笑一声。

发出旨意的上苍啊，

听我含泪的申诉吧，

板结的泥土的傲慢将成为胜利者？

他眼瞎耳聋，

他的瞎聋将永远闷住你的妙音？

在承载'不朽'的圣旨的胸脯上

岂能允许建造'僵固'凯旋柱？"


天庭又传来圣旨：

不必担忧，

听不见的福音的波涛不会在云气之海上敛息，

灵魂苦修终成正果，

这是我的祝福。

萎缩的喉咙融入泥土，

永生的喉咙载负旨意。


灵魂的彩车将

泥土的妖魔驾车劫获的迷茫的福音

送回无声的歌曲里。

凡世响彻胜利的欢呼。

无形体的形象和无形体的福音

在生命躯壳的乐园里会合。

1932 年 12 月 18 日

我
是
人
间
的

诗
人

# 死

在心扉上我画死亡之像。

    我遐想，

极虚的弥留时刻已经到来。

    属于我的

      全部留给故土和时代——

其他一切物品，一切生灵，

    一切理想，一切努力，

      一切希望和失望的冲突，

        依旧分布各处，

    分散在千家万户人们的心里。

在时代之海无边的胸膛中，

      由近及远，

    一条条星体运行的轨道上，

    未知的无尽的能量

      旋转着喷发。

    这一切还在我感知的

最后一条微颤的界线之内。

我一只脚仍在界线的这边，

    另一只脚跨了过去。

    那边，混沌的来世在等待我，

拨着昼夜悠长的光影的念珠。
"无限"中包含的无数实体
　　向着往昔和未来扩展。
　　在那密集的群体中，
　　　刹那间没有了我。


　　这难道是真实的？
狂放的"不存在"终归会获得位置。
　　原子不是还有罅隙吗？
　　死亡若是虚空，
　　　那罅隙里
　　岂不是要沉没尘世之舟？
　　如果真是这样，
那才是对宏大整体的粗暴抗议。


　　　　　　1932 年 9 月

诗<br>人

# 走向落日余晖之路的旅客

　　我已经抵达
白日末端的黄昏码头。
　　途中，我的杯盏盛满作品。
我以为这些是永久的川资，
　　以不堪的痛苦换取它的价值。
在人类语言的市场上，
　　　我广收博采，
　　部分积蓄献给爱的事业。
最终我忘记已有的建树，
　　无端的采集成为盲目的习惯。
　　为填满多孔的空袋，
　　　牺牲片刻的休息。


今日我发现路已经走完，
　　川资消耗殆尽，
　　　　手擎着在团圆的榻侧
　　　　　点燃的灯烛。
　　最终我把熄灭的灯，
　　　抛入流水，
　　　　　任其漂流。

孤独的星星在天幕闪烁，
　　迎着曙光，踏着暮色，
　　　我吹奏的最后一缕笛音
　　　在残夜消隐。

以后会怎么样呢？
　　华灯熄灭、奏乐停止的生活，
　　　一度也像如今的万物，
　　　　　充满真实。
　　我晓得，这，你会彻底忘怀，
　　　忘了是件好事。
不过在这以前的一天，
　　你在"空虚"的前面，
　　　献上一朵我爱过的春花吧！
在我昔日往返的路上，
　　枝叶飘零，
　　　　　光影交织。
　　芒果树和菠萝蜜树的枝叶间，
　　　苏醒了雨声的抖颤。
　　　　也许会幸运地遇见
腰里夹着水罐、脚步惊觉地离去的妇人。

　　　愿你从万象中
择选这一普通的情景，

在暮色苍茫的黄昏，

　　将其画在你追念的画布上。

不必做更多的事。

　　我是光的情人，

　　　　在生命的舞台上吹奏竹笛，

　　不会抛下一个长叹缠绕的孤影。

走上落日余晖之路的旅客，

　　把一切企求交到尘土的手中。

　　　在尘土冷淡的祭坛前，

　　　　不要敬献你的供品。

你把食品篮带回去吧，

　　你那儿的饥饿在窥望，

来客已坐在门口，

　　时光的钟声应和着

生活之流与岁月之流交汇的歌韵。

# 致查鲁昌德拉·瓦达贾萨[①]的信

我们果真期望伤逝的完结吗？
　其实，我们也为伤逝自豪。
　　我们最强烈的情感
　　　也难以承受恒久真实的负担——
　　这句话里没有慰藉，
　　　痛苦的骄傲还会受到打击。

生活把全部积蓄
　散布在时光行进的路上。
在它不停转动的轮子下，
　真挚感情的印迹
　　也会漫漶，
　　　也会湮灭。
我们亲人的故去，
　对我们唯一的期求是
　　"记住我。"

　然而生命有无数期求，

_____

①是文学月刊《异乡人》的编辑。泰戈尔的许多作品曾在该刊上发表。

它的呼吁从四面八方
　　向心灵聚拢。
在现时的丛集之中，
　　昔日的唯一祈愿
　　　　必然逝灭。
死者的痛苦会消除，
遗言犹在。
伤逝执拗地欺骗生活，
　　蛮横地对生命使者说：
　　　　"我不开门。"
生命的沃土生长着各种作物，
　　　　任性的伤逝
在其间占据一块庙堂的公地——
　　任其荒芜成为意愿的沙漠，
不向生活纳税。
伤逝就死亡遗传一事控告流年，
　　虽然一次次败诉，
仍不承认失败。
　　甚至要把心儿
　　　　埋入它的坟墓。
傲岸大凡皆为羁勒，
牢固的羁勒
　　是伤逝的傲岸。
财产、名誉，

一切欲望都包含梦幻，
浓重的梦幻蕴含着伤逝的欲望。

我是人间的

诗人

# 我降生之日

他在我降生之日
　　便与我形影不离。
　　　他已经年迈，
　　　　仍与我浑然一体。
　　　今日我对他说：
"我要和你分开。"
他从千万辈先人的血流上漂来。
　　他怀着一代代的饥渴，
他是远古的乞丐——
　　他在悠远的往昔之河，
　　　用情感搅出昼夜来，
　　　　从而获得新生命的载体。

他的吼叫搅浑了
　　从太虚传来的天籁。
　　　他伸手掠走
祭坛上我摆的供品。

　　欲望之火
烤得他一天比一天枯瘦，

在他"衰朽"的庇护下，
　　我永不衰朽。
他每时每刻战胜我的怜悯，
所以死亡抓住他时，
　　我愁闷，
　　但我是不死的。


今日我要离开，
　　让这饥饿的老叟
　　　　呆在门外，
　　　　　　食用乞食，
　　修补破烂的披毯。
　　在生死之间，
　　　　在阡陌纵横的田野，
　　让他捡起遗落的稻穗。


我坐在窗前，
　　望着他——远方的旅客。
年年岁岁，他来自
　　众多身心行走的众多道路的交叉处，
　　来自大大小小的死亡的渡口，
我坐在高处俯视，
　　他处在混乱的梦境中，
　　　　处在希望、失望的沉浮

和甘苦的光影中。

我像观看木偶戏一样，

心里暗笑。


我自由，我透明，我独立，

我是恒久的光辉。

我是创造之源的欢乐的流水。

我贫苦，

骄傲之墙把我包围，

我是一无所有的穷鬼。

# 死亡与我亲密无间

他们跑来对我说：

"诗人，愿听您对死亡的高见。"

我欣然说道：

"死亡与我亲密无间，

   他附在我每一条肌肉上。

      我的心跳

   应和着他的音律，

      他的欢乐之河

         在我的血管里奔流。"

死亡号召我：

"甩掉包袱，

   向前，向前！

      在我的引力下，

         以我的速度，

   每时每刻拼死向前进。"

死亡警告我：

"你如默坐着

   抱着你拥有的财物，

      看吧，在你的世界里，

花儿就会凋枯，

星光就会暗淡，

江河就会干得只剩泥浆。"

死亡鼓励我：

"不要停步，

不要瞻前顾后，

前进！

越过困乏，

越过陈腐，

越过衰亡！"

死亡继续说：

"我是牧童，

我牧放创造物，

从一个时代走向

另一个时代的牧场。

我跟随生活的活水，

防止它跌入洞穴。

我排除海滨的障碍，

呼唤它、引导它注入大海，

那大海就是我。

'今时'想止步，想推诿，

把负担加到你头上，

'今时'要把你的一切

吞进肚里，

然后原封不动，
　　像饱饮的魔鬼
　　　昏睡不醒，
　　那样便是毁灭。
我要从终年呆木的'今时'之手
　　救出创造，
携其前往崭新的无穷的未来。"

我
是
人
间
的

诗
人

# 人生之车

吠陀诗人说过，

　　他周游人间天界，

　　　　最后站在

最初的长生者面前。

　　谁是最初的长生者？

　　　他叫什么名字？

他属于万代，

　　我称他为"新颖"。


腐朽、死亡，

　　　　在四周

　　无休止地纠缠他。

　　他一再冲破迷雾，

　　　　每日在曙光中宣告：

　　　　　"我是最初的长生者。"

岁月朝前迈进，

　　凉风变成热风，

　　　沙尘遮暗明朗的天空。

　　衰朽世界的刺耳噪音

　　旋转着越飘越远。

白日抵达自己的尽头，
　温度下降，
　　飞尘落下。
　暗哑嗓门的激烈争吵
　　毫无结果地平静下来。
　　　光幕坠入
　　　地极的另一边。


　星体无数，
在不知困乏的幽暗中，
　　响起那句话——
　　　"我是最初的长生者。"
　一个个世纪，
人们苦修着宣布自己的存在。
　慵倦腐蚀着修行，
　　祭火熄灭，
　　　咒语毫无意义。
千疮百孔的修行的脏袍，
　覆盖着奄奄一息的世纪。


最后，在夕阳的彩门口，
　悄悄走来
　　旧时代之夜，

像尸体之座上的苦行僧，

　　在阴晦中吟诵安宁的经咒。

光阴迅捷地流逝。

　　新时代的黎明

　　　高擎洁白的海螺，

　　挺立在旭日喷薄的金峰上。

　　于是一眼便看清

　　　谁用墨水冲刷

　　地上堆积的世纪的垃圾。

　　在既往的罪孽的污迹上，

　　　洒落无量的宽恕。

　　最初的长生者

　　　在安置静光的座位。


　　少年时期，

我惊喜的眼睛

　　曾注视过

绿原和碧空的新颖。


一年年过去，

　　　人生之车

　　驶过一条条道路。

愤怒灼热的旋风从心中腾起，

　　把枯叶卷到

天地相交之处。

车轮扬起的尘埃

浑浊了空气。

凌空的想象

在云路上飞驰，

正午烈日下的渴望

在田野上徘徊，

不管果园和农田

肯不肯接纳。

天上、人间，

今生的旅程

在正道或邪路上

达到终点。

今日我欣慰地遇到了

最初的长生者。

圣蒂尼克坦

1935 年

我是人间的诗人

# 人生的光影

阿米亚昌德拉·查克巴迪先生[1]：

维沙克月二十五日[2]

泛舟生辰之川流，

向死日漂浮而去。

在生死的微茫界限上，

是哪个艺人

坐在移动的座位上，

以书写的参差不齐的

罗宾德拉纳特·泰戈尔的名字

编织着一个神奇的花环？

岁月乘车飞逝。

徒步的旅人取出水杯，

乞施些许饮水。

饮毕，

消失在黑暗中。

车轮轧破的水杯

落在尘土里。

---

①诗人，曾担任泰戈尔的私人秘书。
②泰戈尔的生日，即公历的 5 月 7 日。

他身后又来了个旅人，
　　用新杯舀饮
　　　　新酿的酒浆，
　　他与前者姓氏相同，
　　　　却分明是另外一个人。


我曾是孩童。
　　寥寥几个生辰的模具，
　　　　铸造的那个孩童的偶像，
　　　　　　你们谁也不认识。
　　熟稔他真实形体的人
　　都已作古。
　　　　他不复存在于
　　　　　　现在的躯壳
　　　　　　　　和他人的记忆里。
他与他小小的世界远去了。
　　清风徐来，
　　　　不闻他当年的嬉笑
　　　　　　和啼哭的回声。
　　　　　　　尘埃中，
　　　　我不曾发现
　　　　他玩具的碎片。


坐在昔日生活的窄小的窗前，

他向外凝望。

他的天地

局限于宅院里。

他稚嫩的视线

被花园高墙和一行行椰子树遮挡。

相信和怀疑之间，

并无太高的墙壁，

遐思轻易地

从这边飞到那边。

蒙蒙眬眬的暮色里，

暗影拥抱着物体，

两者归属于同一种姓。

区区几个生辰

是一座孤岛，

一度沐浴着阳光，

不久便沉入流年的海底。

落潮的时候，

有时望得见岛上的山巅，

望得见珊瑚的红色轮廓。


此后的维沙克月二十五日，

出现于一个阶段之末的

春晓红霞的淡雅里。

少年这个游方僧

调试好年华的单弦琴，

云游着，呼喊着，

迷茫的心中的人儿

弹奏着无可言传的

感情狂想曲。


吉祥天女在静听这狂想曲，她的宝座

摇晃起来。

在一个忘却工作的日子，

她差遣女使者下凡。

在被木棉花的色彩陶醉的林阴小径上，

她们款款而行。

我倾听她们的柔声细语，

似懂非懂。

我瞧见她们黛黑的眼睫

挂着泪花，

微颤的朱唇

沁出郁结的愁怅。

我听见她们华贵的金银首饰

发出热烈、焦灼、惶惑的呼声。

维沙克月二十五日

方醒的黎明，

她们不让我知道暗自留下了

新绽的白素馨花

51

　　　　串联的花环，

　　　　幽香迷醉了我的晓梦。


少年时代生辰的世界

　　与神话的疆域毗邻，

　　　　充斥着颖悟与无知

　　　　　引发的狐疑。

光临那里的公主

　　披着柔润的乱发，

　　　　时而困睡，

　　　　时而因点金石的触碰

　　　　　而猝然苏醒。


　　光阴荏苒，

春光明媚、姹紫嫣红的

　　维沙克月二十五日的

　　　墙垣坍塌了。

在那绿草如茵的小径——昔日的

　　素馨花摇叶移影，

　　风儿低声细语，

　　　在杜鹃相思的哀鸣中

　　　　正午显得凄惨苍凉，

在花香的无形诱惑下，

　　　蜜蜂嗡嘤翩飞——

如今那小径成了通衢大道。

当初少年练习的单弦琴，
　　系上了一条条新弦。
以后，维沙克月二十五日
　　召唤我沿着坎坷的道路，
　　　行至波涛汹涌的人海边。
　　在不知是否合适的时刻，
　　　我将乐音织成的网
　　　　撒向人海。
　　　　有的心灵甘愿投网，
　　　　　有的从破网中逃遁。

有的日子疲惫不堪，
　　沮丧闯入开拓之中，
　　　诗情被沉重的苦恼压弯。
　　在疏懒的下午，
　　　独辟的蹊径上，
　　　　天国的乐师时常
　　　　　出人意料地驾临。
　　他们使我的服务臻于完美。
　　　为疲倦的探索
送来斟满琼浆的金杯。
　　以豪放、爽朗的笑声

制服忧惧。

用灰烬覆盖的焦碳

重新点燃胆略的火焰。

天籁被融入

探索的表述中。

点亮我熄灭了的路灯，

松弛的弦索再奏响新曲。

亲手给维沙克月二十五日

戴上热烈欢迎的花环——

他们的点金石的点触

迄今留在我的歌声、

我的诗章里。


然而生活的战场

雷声隆隆，

处处进行着

殊死的搏斗。

我有时只得放下诗琴，

举起号角，

头顶正午的炎炎烈日，

四处奔走，

经受交替的胜利与失败。


脚掌扎满蒺藜，

受伤的胸膛血流如注。

狂暴凶猛的恶浪

冲击我人生的船舷——

企图将我生活的用品

沉入诽谤的泥海。

我领略了

憎恨、嫉妒、刺耳的喧嚣，

也领略了

情爱、友谊、悦耳的歌唱。

通过滚动的眼泪和嗟叹，

我人生的星球

进入了轨道。

在历尽曲折、艰苦、冲突

已近暮年的维沙克月二十五日，

你们簇拥在我身边，

可是你们是否知道——

我作品中表现的许多内容

是不完整的、凌乱的、被忽略的?

内外的是非曲直、

清晰模糊、

荣誉耻辱，

与成功挫折的混杂

所塑造的我的形象，

今日在你们的敬慕、爱戴、宽和中
　　　栩栩呈现。
　　我欣然承认，
　　　你们奉献的花环
　　　　是我生辰最后的标志，
同时，我为你们祝福。
　临行的时候，
　　愿此心灵的形象
　　　长存于你们心间，
　　而不因遗留在时代之手
　而感到骄傲。


尔后，在以人生的光影
　织就的履历的尽头，
　　让我怡然歇息。
　在那无名的幽寂的去处，
　　让各种乐器的各种曲调
　　　汇成深沉的"终极"的交响曲。

# 泥土在一直对我召唤

我要造一间晚年住的泥屋，
　　起名"墨绿斋"。
　　　日后它坍塌，
　　　　如同躺下睡眠。
　　泥土回到土壤的怀抱，
　　　旧柱昂首悲叹，
　　　　但不会和大地发生对抗。
残壁裸露着骨架，
　　但决不允许
　　　死去的日子的幽灵
　　　　在其间建造栖身之所。

在我这最后一间
　　泥屋的地基里，
　　　羼杂着
我对全部情感的忘怀，
　　羼杂着
对一切过错的原谅。
　　泥墙上
杜尔巴草丛清新的馈赠

掩盖着一切讽刺

　和过激的言行。

千百个世纪

　嗜血的凶狠的嗥叫

　　归于寂静。


我每天坐在屋檐下面，

　怀念年幼时的情景，

　当时把身披的这种薄披肩

　　四角系紧，

里面盛放着一把把金色花、茉莉花。

　二月中旬，

　携带着芒果花的芳香，

　乘南风前往看不见的远方，

　　传递我忧伤的青春的邀请。

我爱孟加拉姑娘。

　在我面前露面的姑娘，

　个个迷醉我的双目。

她们的皮肤与褐土一样浅黑，

　闪耀着稻秧叶片那样的光泽。

　在天边淡紫色林莽上

　　眼睑将合的夕照里，

　　我看见

　他们的黑眼眸流露出

含怨的柔情。


早晨点金石的

　　第一次点触，

　　　　使我的泥屋

　　　　　惬意地苏醒。

　　　　她黛黑的双眼的微笑，

　　　　　温柔地飘向

　　　　春夜友好不眠的圆月。


帕德玛河决堤之后，

　　在陡峭堤岸上的荆棘丛里，

　　　　在千百个犀鸟的巢里，

　　　　　在油菜花、亚麻花

争艳的农田里，

　　在乡间曲曲折折的小路两边，

　　　　在池沼的斜坡上，

　　　　　泥土在一直轻轻地对我呼唤。

泥土通过我的双眼，

　　在斑鸠啼唱的晌午

　　　　向我传达

　　　　　五彩路两侧的呼唤。

　　　　在那野草泛黄的原野上，

　　　　　三四头牛懒洋洋地踱步，

　　　　甩动尾巴驱赶背上的苍蝇。
　　一棵孤单的棕榈树上，
　　　　鹰隼筑了个凄寂的巢。


年已古稀的我
　　今日响应你的召唤，
　　　　扑进你宽容温馨的胸怀。
当年就是在你的怀里，
　　青苔的柔足庇护的奥哈拉①
　　　　在新生活的惊喜的黎明，
　　　　　清醒地等待彻底的自由。

---

①奥哈拉因受诅咒化为石头，后来得到罗摩的抚摸，才恢复人形。

# 人生最后的码头

波拉马特纳德·乔德里①：
　　我年龄的轻舟
　　　早驶过青春的码头。
　　我做着
　　　适合老年人做的事情，
　　　　巩固着银丝的尊严。
这时，你把我叫回到
　《绿叶》的栏目里，
　　对我的心儿
　　　提出回顾的要求。
你说在青年人的游乐宫里，
　　我的假日尚未度完。
我半信半疑地转过脸，
　　望着我跨越的流年。
　　　大批丰满的"年轻"塑像，
　　　　在我眼前浮现。
在我青春成熟的日子里，
　　青春的消息

①泰戈尔二哥的女婿，《绿叶》文学月刊的主编。

也不像现在这样潮水般地
　　溢出我的笔端。
我于是省悟：
　　不离开青春，
　　　是得不到青春的。


我已经抵达
　　人生最后的码头，
　　东风也呼吁我回顾。
我驻足回首，
　　悠悠往事涌上我的心头。
　　以前舍弃的，
　　　我一一细心认辨。
　　我退得远远的，
察看我那如许苦乐的世界
　　和一些失落的东西。
吠陀诗人对心儿说：
"你以你的一半创造世界，
　　你的另一半，
　　　无人晓得。"
　　另一半如今被挡在
　　我的人生终点的另一侧。
　　　我望见终点两侧延伸着的
　　　是两种辽远的静谧，

两个宏大的一半。

我站在中间，

留下遗言——

我曾经受许多痛苦，

我感到欣慰的是：

我爱过人，

也被人爱过。

# 我将解脱

我七岁的时候，
　　每天拂晓透过窗户，
　　　望着黑幕拉开，
　　柔和的金光
像迦昙波花乍开，
　　慢慢地在天上扩散。

乌鸦聒叫之前，
　　我起床跑进花园，
　　　我不愿放弃
　　　　观赏红日在椰子树抖颤的枝叶间
　　　冉冉升起的吉祥美景的机缘。
那时的每一天
　　都觉得奇特、新鲜。
　　　沐浴着曙光的黎明
　　　　走上东方金灿灿的码头，
额上点一颗血红的吉祥痣，
　　她作为新的客人，
　　　走进我的生活，
　　　　含笑注视着我的面孔。

　　　　她的披纱上没有旧日的痕迹。
长大以后，
　　我头顶工作的重负。
　　　许多日子拥挤在一起，
　　　　失去了各自的价值。
　　一天的忧愁蔓延到另一天，
　　　　混杂的时间向前翻滚，
　　　　　毫无新意可言。
　　　增长的年龄听着
　　　　一成不变的旧调复唱，
　　找不到自己独特的个性。


如今更新我旧岁的时候到了。
　　我将召来鬼魅的克星，
　　　每天坐在苏醒的花园窗口，
　　　等候仙人的新信。
黎明将来打听我新的身份，
　　在空中目不转睛地问我：
　　　"你是谁？"
　　　今天的姓名明天就不会再用。


司令检阅士兵的队伍，
　　不细看每个士兵的脸。
　　　检阅是工作需要，

　　　　不是为了观察真实的细节——

　　　天帝创造的每个士兵特殊的容颜。

同样，我看待创造，

　如同看待

　　需要之锁链

　　　捆绑的一群囚徒，

　　　其中一个就是我。


今日，我将解脱。

　我渡海望见了新岸。

　　我的航船不载货物，

　此岸的负担不会带往彼岸。

全新的我要独自走向永恒的新鲜。

# 死亡母亲

死亡母亲，这稚嫩的生命
是你怀里的宠儿，你的赠品。
当尘土飞扬，眼前昏暗，
"僵滞"堆里举步维艰，
我望见你怀里的"美"的胜境。

你漆黑的幔帐里，
秘密地养育崭新的苏醒的珍奇。
再生之路上驶过
你垂帘的彩车，
满载着语言、希冀，满载着生机。

归去的不再回首，
将拥有的一切置于你的手，
你用之生产
新的是非、贵贱，
缔造新的时代，默诵着经咒。

我从不停步，纵然道路阻塞，
你身后流淌着截不断的生命之河。

我欲随万千溪涧

冲破一切界限，

受缚的动弹不得的决不是坚定的我。

我坦然地接受寿终，

将自己赠给未来婴儿的诞生。

我生命的花儿今夜

开放、摇曳，

凋落吧，给明天的鲜花以生命！

1932 年

# 母亲

如同浓雾笼罩
　　着的清晨——
多少年来我这个人
　　没有确切的身份。
　　　我像在做迷离的梦，
感受到倩女春情中暗储的荣耀，
　　被禁锢的阳光的自由的预兆。
　　　　未来的天神将要
赏赐的恩典，好似
　　花苞中未见的果实。
　　　　无价之宝——
美艳的旭日，你扑进我的怀抱，
　　仿佛是未曾期求的希望的形象——
　　　　在贫瘠的世上，
　　　　　我于是
　　赢得自身的完美。

生命深邃的奥秘
　　藏在心灵之穴里，
今日它走出黑暗，偕同

躯体步入坦荡的阳光中，

　　沿着悠悠岁月之路，

　　　朝着邈远的未来迈开大步。

我血管里流动的快乐，

　　绝非来自书房的角落。

　　　我的心是驿站，

　　庭院里的灯烛已经点燃。

我把太初的旅客叫到这里，

让他们休息数日。

　　这些宇宙的旅客在蓝天中

　　　载歌载舞，奔向无限——

在我的胸腔，在我孩子的欢叫声

中，

　　　我听见他们的歌声。

是那样近，又是那样远——

　　走进我的心田，

　　从来不属于我，

束手就擒是为了砸碎羁勒。

　　欢乐的韵律冲散我的啼哭，

　　　振翅高飞。

　　母亲的这份痛苦

　　　是宇宙的财富——

　　自己不能保存，

是给大千世界的礼物。

波拉纳格尔

1932 年 8 月 8 日

我是人间的

诗人

# 甜蜜的死亡

超度亡灵的吠陀经咒

　　曾揭开世界的幕布说——

人世间的尘土是甜蜜的。

我的心用同一种声音说——

人世间的尘土是乐曲。

死亡，哦，甜蜜的死亡，

　　展开你歌的翅膀，

　　　　携我飞往来世。

# 斟满我的人生之杯

解脱——平淡的返璞归真，
并非是在劳筋伤骨的苦修中
对枯瘦生命的自我否认。
清苦中冥想"圆满"的鬼影
是对人世吉祥女神的不尊。
秋天的早晨，在那片森林里，
我望见解脱的完美形象，
林木举起热情的枯枝，
以摇颤的嫩叶
拂触辽阔的天空。
骨髓里赢得的莫大快乐
遍布万世，
飘荡在苍穹中，
躲在将绽的花蕾里，
飞出百鸟的歌喉。
僧人的赭色袈裟藏在草丛下
吞没一切废物的深厚的泥土里，
颂经声融入昆虫的嗡嘤中。
旨在增加生命情趣的修行，

在天堂人间伸出

给予一切、收纳一切的钵盂，

我心里领受其恩惠。

因此，躯体、生命、心灵

细微地散布于光影嬉戏的绿野。

在那里，全身松懒的奶牛在反刍，

它们享受的乐趣

缓缓渗进我兴奋的身体深处。

一群蝴蝶扑扇着纤翼，

从阳光中摄取无声的天籁

和素馨花的耳语，

在我的血管里卷起微澜。

啊，凡世，

你一再地对我回首注视。

在我西去之际，

不要像鄙夷乞丐那样摒弃我。*

在宣布如同黑夜鲸吞一切的

强盗行径开始之前，

在日暮的祭坛上，

黄昏斟满彩云之杯，

留下灿烂夕照的无穷财富，

啊，凡世，

你也最后一次

斟满我的人生之杯！

圣蒂尼克坦

1937 年 10 月 4 日

# 人生

这难道是忘恩负义的

割断尘缘的哀泣?

想要像奄奄一息的变态的病人那样

突然冲出躯壳?!

我要像方醒的晨鸟一样,

用自己喜悦的乐调

高歌一曲——光荣,我的人生!

过去有过不幸,

我吹起凄婉的笛子,

为伤心的龙女跳舞伴奏。

我把心底的隐痛

化为生命的活泉,

让它喷涌而出。

瞬息的背景上,

我以胸中的碧血

一次次绘画心声的肖像,

可它们又一次次被夜露抹去,

一次次被自己的热情抹去——

然而它们仍藏在梦宫的艺术走廊

和昔日枯萎的花环的芳香里。

从岁月之手滑落的无可描述的温馨
使心原的和风饱含韵味，
晨空中洋溢着熟悉和不熟悉的乐音、
鸟儿的啁啾和蜂蝶的嗡嘤。
第一个恩典的花环
从幼稚少年颤抖的手中滑落，
未能戴在颈上，
尚未绽放的花蕾依然鲜嫩、纯洁。
我的人生因此总戴着花冠。
我啜饮的未经祈求而自来的爱情琼浆
和我梦寐以求而未得的东西，
都融入我饱经磨难的韶华里。
在辉煌的舞台上，
在隐秘的幕后，
流动着幻想与现实、
真情与假意、成功与失败
交汇的多彩的戏剧之河，
它夹带着各个时期各个阶段
我人生篇章中
所显露的创造的深邃奥秘，
在几多清醒的时刻，
它把我点化得无比神奇。
今日离别的时候，
我承认它是空前的奇迹。

我要高歌——啊，人生，
我生存的驭手，
你穿越许多战场，
战胜死亡之后，
携我踏上新的胜利的征程！

圣蒂尼克坦
1937 年 10 月 7 日

# 在人生舞台上

啊，毁灭大神，

从你的宫阙

突然降临的死亡的使者

把我带进你宏伟的殿堂。

我只看见黑暗，

在一层层冥黑中间，

我不曾见到的无形光华

是宇宙的光中之光。

我的黑影遮住我的视线。

在创造边缘的光的世界，

在我生存的幽深的洞穴里，

将演奏那光华的娑摩颂曲，

因而我收到了请柬。

在人生舞台上，

我将赢得至高的诗艺的荣誉，

所以早就确定了乐调。

狰狞的琵琶不曾弹奏

无声的惊心动魄的新曲，

心里不曾闪现

"恐怖"的满意的面容，

为此你将我遣返。

未来的一天，

诗人的作品像成熟的果实，

充盈快乐的圆满，

无声地垂落于永恒的祭奠花篮。

人生最后的邀请、最后的价值、最后的旅程，

同步跨进成功之门槛。

圣蒂尼克坦

1937 年 12 月 8 日

# 降生者

降生者，
诞生曾赋予你最高的价值，
你如星辰赢得少有的容貌。
沿着邈远的银河降临大地的
绿色秀额的晨光
吻过你的双眸，
并用缠绵的情丝
把你与天堂维系在一起。
发自太初、越过茫茫时空的伟大梵音，
在吉祥时刻将荣誉赠给你圣洁的生日，
灵魂的路程在你面前伸向"无极"。
你是孤独的旅人，
这本身便是无穷的奇迹。

1937 年 12 月 19 日

# 鸟巢将空

是该振翅远飞的时候了。
鸟巢将空，
树木在暴风中剧烈摇动，
啁啾停歇，
空巢的残骸纷纷垂落于尘埃中。
绿叶干枯，红花凋残，
随风飘向晓月坠落的海滨。
年复一年，
我受到林野的款待，
由于春神的慈爱，
我听见芒果花芳香的细语。
无忧树新叶暗示我献出乐曲，
我慷慨献出的乐曲包含我情谊的甘汁。
但七月凶悍的飓风
每每卷起灼热的尘土，
窒息我的歌喉，
使我强健的双翼难以舒展。
这一切给我生命以荣誉，
使我感到无限幸福。
当结束此岸疲惫旅程之时，

我转身伫立片刻，
向今生的主宰颂赞、顶礼。

圣蒂尼克坦
1934 年

我是人间的

诗人

# 临别之前

蟒蛇四处
　　喷吐毒雾，
　此时此刻，
宣扬和平的福音简直是失败的逗乐。
临别之前
　我呼唤
普天下摩拳擦掌准备
　与魔鬼拼杀的斗士。

圣蒂尼克坦
1937 年 12 月 25 日

# 恒河

　　啊，恒河，
洪荒时代在你足前萦绕过
　　凡世的恸哭。
神仙维吉罗陀沉湎于再生的苦修，
　　越过重叠的山峦，
向你转达被死亡囚禁的鬼魂的呼唤——
　　请你赠送生命——
他热情地说，啊，你是灵性的化身，
　　让荒漠轻吻你的赭色衣裙，
生长芳草，洋溢生机。
赋予不结果的树木累累硕果，
　　消除青藤不开花的苦厄。
让缄默的大地
　　说出鲜活的话语。
啊，恒河，你是生命的形象，
　　在你流经的地方，
　　荒原的昏睡已经消散，
　　荡起苏醒的波澜，
泥土的院落里响起歌声，
　　两岸的林木郁郁葱葱。
沿岸崛起的城市
　　堆满生活创造的财富。

人们不知怎样
才能战胜对死亡的畏惧，
　　冥想中望着你，
从长生不老的湿婆的发髻上
　　随着滔滔不绝的甘霖
　　　　不断地流向
　　　　　凡世。
人们在两岸的圣地
　　盼望你的祭品，
叫喊着，割断虚假的恐惧之绳！
　　擦净被我抹黑的死亡之脸，
让死亡肃穆的神态并不令人恐惧。
　　在你潺潺流动的水里，
　　　注入它的歌曲，
将人生之舟划向最后的河埠。
　　迷茫的旅客的额头印着你的祝福，
　　　让他收下一笔
新的旅程需要的川资。
　　　在最后时刻，
　　他侧耳倾听
在通往无名大海的路上
　　你奔赴永久幽会的吟唱。

圣蒂尼克坦
1937 年 4 月 26 日

# 心灵的奉献

你在不可描绘的心宫苏醒，
长成一棵树，多么幼稚的游戏——
让叶片凋零，自己却岿然不动，
获取，赐予，都漠然视之。
在飘逸着美的芳香宝藏中，
心灵的热情未找到极限。
永不枯竭的死亡的豪情
一步步挥霍生命的财产。
自我的成功显得
快乐而冷漠，琼浆玉液在
贫苦中酿成，无憾的自我牺牲
消除人生祭坛上死亡的饥饿。
就这样让我的认识与死亡做伴，
变心灵为玩具，毫不困难。

圣蒂尼克坦
1938 年 3 月 1 日

# 生平

温暖的春风
送我的小舟到码头停泊。
你们好奇地问我：
"你在何处结束航行？"
"你是望族的后裔吗？"
我茫然回答："不知道。"
涌动的水波拽直缆索。
我深情地唱着青春之歌。

在溢香的花树底下，
偎依的情侣听罢，

采集一束无忧花，
赠给我说："你是我们中间的一个。"

啊，这热诚的话语
道出我最初的身世。

大海停止涨潮，
水浪终止嬉戏，

杜鹃倦乏地歌唱，
这叫人陡然记起被遗忘的时光。

金色花瓣凋落，
在水中流向远方，漂泊——

好似共度春宵的请柬

　　被撕成毫无意义的碎片。


落潮牵动小舟

滑向烟波浩淼的海口。

航线上新时代新型的年轻人

隔船大声询问：

　　"你是谁?

驾船驶向黄昏星吗？"


　　将弦琴调弄停当，

我再度自弹自唱：

"因为我是你们中间的一个，

　　我的名声四海扬播。

　　　这两行歌词

不是别的，是我暮年的履历。"


　　　　　　　圣蒂尼克坦

　　　　　　　1937 年

我是人间的　诗人

# 帆船

扬帆启航，我朝两岸远眺——
一棵棵树一幢幢房竞相奔跑。
  左边，右边，
  村村相连，
一个码头在另一码头后面追逐，
  像变魔术。

沐浴的人们组成奇特的海市蜃楼——
似一幅图画反复抹去又反复画在眼眸。
我仿佛驾驶时光之舟在做远航，
人间的戏剧，万世欣赏。
认识的开始也是认识的末端——
前面出现的景象转眼消失在后边。
我觉得难以遗忘的相继遗忘，
新岸做伴的航行消除我回顾的惆怅。

  周而复始的得失
  日夜震颤着心灵，
震颤中时而欢乐时而悲苦，
一幕幕人生戏剧照样精彩。

舍弃几番得失，我走向前方——
这堪称人生之舟潇洒的荡桨。
夜色降临，划桨停止，
谁也看不见何人前往黑暗的圣地。
落潮牵引着小舟滑向无边的空漠——
西海中陨落了猎户星座。

阿勒穆拉
1937 年 6 月 7 日

我是人间的

诗人

# 人生是死亡的祭祀

愿你们脸上常有笑容的光辉——
我说几句严肃的话算不上过失。
何时出现的倩女竟如此光彩照人？
她们不仅属于今日，而且属于永恒。
作为表白，我有一句话想说：
我没有热望与她们相聚片刻。
因为在人生的黄昏若接待她们，
最后的夕照将在金色记忆中永存。
回荡着乐音的恒河搅出的琼浆，
时不时地滴落在岸边的土地上。
如果没有相见的机会，今生
怎么可能观赏那些奇妙的情景？
我们的缺点表现在坐下或卧躺，
在她们的眼里这些都可以世代原谅。
以善德之光点燃爱情的华灯，
她们升华了人世间所有的善行。
她们轻柔的摩挲圣洁了她们
以各种方式泼洒下的供人享受的甘霖。
在人生的此岸，获得异宝奇珍，
谁能把它们带到死亡的河滨？

而我心里仍希望在辞世的夜晚，
把她们的爱情作为路上的盘缠。
要做的事不多，三个时代已经消逝。
我降临人世的时代已成为过去。
还残存一些时日，因此我通过鼻孔
呼吸——掩饰对它的信任。

再坐一会儿，让我把话说完，
然后我前往语言的终极的彼岸。
不要费力为逝者去触醒意识，
不要把身影当客人，摆桌搬椅。
年复一年，受到举丧悲悼的习俗
虚幻的冲击，回忆的墙基已倾覆。
聚集的人群以一种腔调隆重地表示哀痛，
是怕违悖传统犯下什么罪行。
不必为这些古怪的想法忧愁，
诗人把纪念自己的重担扛在肩头。
"我不忘怀，我不忘怀！"这样的
叫嚷天帝不听，你说谁又会因此受益？
自己不察觉的忘却是天然的忘却，
对心灵的健康确实好得了不得。
挖掘黄沙寻找干涸的清泉，
为无油的油灯把火柴划燃，
驱赶哪儿也看不到的水牛……

多做这一类事情，毫无益处——
这叫白费精力，你该知道，
这不是显示巨大热情的高招。
心里记住：人生是死亡的祭祀，
凡是永存的和不宜生存的，
统统作为祭物，投入熊熊祭火，
不能存活的谁又能以话语使之存活？
就让化为一撮灰烬后而残留下来的灰土，
去讲述自己过去的奇特故事吧。

# 生命的延伸

描绘记忆的形态，

　　汇集语言中

感知留下的痕迹，

　　心中思考它的含义。

这一切都是生活幼稚的企求，

　　假意哄骗死亡而表示欢悦，

在生死的游戏中争强好胜是一种癖好，

　　于是诵咒就带来想象的神奇幻觉。

物像在岁月之流中破碎，

　　心灵以影子塑造第二个形体，

"留下了。"说罢就走向寂灭。

死亡若抗议，传不到耳朵里。

　　我囿于瞬息的存在之网，

自塑的形象遍布万国时空，

　　死灭的日子自己不知道，

他人若知，那也只是我生命的延伸。

# 蒙普山

巨网般的雾岚
　　悄悄隐逝，
青黛的蒙普山上
　　显现彩色街市。

古老的魔术师世世代代表演魔术，
如今不承担责任，也没有忧虑。
冥想中我对悠远的岁月瞭望，
看见云彩和太阳在捉迷藏。
诗人挥毫赋诗，英雄策马杀敌，
多少君王来去匆匆，飘然归西。
文明与野蛮砍下无数颗头颅，
多少人被新旧鞭打得头破血流。
蒙普山的树林永远是天真的孩童，
日日送夕阳西下，迎红日东升。
粗糙、不育、倾斜的层层岩石上，
白昼离去，黄昏默坐着颂念经典。
山下，一线迪斯塔河依稀可见，
在恐怖的梦境分发一丝温暖。

也是夏天维沙克月的某一天，

那时仆人拉绳牵动主人的竹扇。

刚七岁就出来旅游的罗宾德拉纳特·泰戈尔，

一转眼今天他已经七十八岁，

七的后面不过多加了个零——

一千年一万年它们永远年轻。

人生短暂，可也实在了不得，

窄小的圈子里崛起一个心灵世界——

里面交织着几多欢悦，几多悲楚，

几多甘苦，几多美丑，几多善恶。

多少地方欢度节日，举行盛会，

甘美的情味渗透骨骼也充盈骨髓。

几多憬悟难以用语言详细叙说，

冥思的庙堂里陈放着它的沉默。

最终某一天一刀割断羁绊，

难测命运的不可见的局限，

辞世的一瞬间就可以超越。

那时许多线条许多色彩凝结

而成的创造，如同蜜一样的

乌烟浸润的秋波霎时间会粉碎？

将炸毁宝库当作一项任务，

天帝若甘愿承受自己的损失，

一气饮尽美景之杯里的琼浆，

他心里也不感到丝毫悲伤，

我化为虚无又算得上什么损失！
有人变为一抔尘土，他人会心碎？
这一生获取的价值无限，
死亡带来的丧失岂可与之相比！
罗宾德拉纳特·泰戈尔的人生旅程一旦中止，
那时在这里，一个个完整的今日
年复一年，将清醒地徜徉
在葱绿的丛林和巍峨的山冈。
那时照样进行不合逻辑的游戏——
一再地掩盖，一再地揭示。
依然存在着天帝美丽的谬误——
惑魂的光华涌出冷峻的天幕。

蒙普

1938 年 6 月 10 日

# 胜利的欢呼

临行时
回顾人生经历，
　　最后对我的命运发出
　　　胜利的欢呼。
我要说，吉日良辰的祝福一次次
　　让我品尝到奇迹罕有的甜蜜。
我不曾自欺欺人地否认
　　贫穷、残缺、陷入泥潭的不幸。
　　　　我要说，
旅途中我损坏的心灵之车
　　　几度倾覆，
罪恶屡屡将污点贴在我的额头。
　　　持续奋斗的失败
　　　　压弯了我的脊背。
　　肮脏的轮番中伤
以懊丧遮暗了我的地平线。
　我未能跑去铲除
眼前堆积的世人的屈辱
　　和不堪忍受的伤悲——
　　　良心常受责备。

我经常看见周围许多变态的迹象，
　　　　它们并非由完美的力量所
造成，
　　而我从不讥讽
　　　永恒的人类的光荣。
　　　纵目远望，
整个喜马拉雅山映入眼帘，
　　我不能讽刺
　　　山洞里残损的岩石——
　　我看到它形象的完整，
　　　由一块块局部组成。
站在人生的终点，我对它发出
　　胜利的欢呼。

　　　　　　　　　圣蒂尼克坦
　　　　　　　　1939 年 11 月 26 日

# 老者

宇宙辛勤工作的时候，
洒脱地身着休闲的衣服。
他的光马在天空飞奔，
假意的嘲笑掩饰着成功。
茂林里举行青黛风姿的集会，
花果上变幻着新颖的彩色游戏。
从外部怎知在宁静的蓝天下面
拯救生灵的艰难无异于激战？
一场苦斗在树枝上赤裸裸显现，
各种游戏停止，处处焦枯蔓延。

朴实的云朵挑着甘霖的重担，
全身却是五光十色的华服，
衰老，表面上它们很不喜欢，
所以恒久的雷鸣回响在心间。
一俟洒水的儿童结束游戏，
它们脸色苍白，年老体弱。
生命的飓风掠过体内万千种琐事，
年寿像一只帆船，飕飕飞驰，
在胸中指挥跳舞，为歌喉排放乐音，

肢体内洋溢着莫名其妙的激情。
热血对游戏的迷恋已经死亡，
工作即刻中断，年龄成为负担。
哦，你一声不响在干什么，兄弟？
你的思维迟钝，心智昏昏欲睡。
你的韶华曾在游戏室门口盘桓，
如今门窗关闭，铁锁锈迹斑斑。
判断是非局囿于极小的圈子，
你沉入你的心潮，杳无踪迹。
阻塞前行的路，你茫然默坐——
来吧，到外面来，你这严肃者！
步入暮年，你再不能意气风发？
唉，唉，甘愿一天比一天衰老？
君不见那棵八十岁的菩提树
在秋天的阳光下轻快地跳舞？
绿叶簌簌絮语，摇曳的枝条
欲与过路的清风热烈地拥抱？
哦，老者，事毕上路吧，穿上最终
游戏的新装，面带年轻的微笑。

# 最后的时光

匆匆走来了树叶
　　凋落的季节。
　　松弛的皮肤凹凸成褶皱，
　　　　只有
　　破残的影子仍在蠕动。
当年花枝曾缀满姹紫嫣红，
　　孕育果实的花蕾
　　　　仿佛是某人怀着
　　浓郁的好奇心，
　　在窥寻自己的宅第。
一个又一个季节，
　　天庭节日的使者
差遣微飔时蹑足穿过
　　繁叶的村落，
法尔衮月躁动的情怀
　　时而击打舞蹈的节拍。

骨髓里流淌的生命的醍醐
　　　　从不泄露。
遵从心灵主宰创造的旨意，

熟悉的往昔

换一身新衣，

躲在换装的忙乱中——

外面的灯光

熄灭，里面华灯初上。

暮霭降落，黄昏的庭院

渐渐黯淡。

今日

务必读懂常常眨眼的疏星的暗示。

前面陌生的路伸向远方，

启航的时刻仁慈的往昔把保存的甜浆

斟入旅人的杯中，

以阻遏甘渴的戏弄。

夜越深邃，

真理的光芒越是明亮。

我深信，蛰居孤屋，

我已还清一笔笔人生的债务。

圣蒂尼克坦

1940 年 1 月 12 日

# 具象——抽象

人生的大陆，
　一片片原野的尽头，
　　滔滔不绝的洪流
　　　托着我漫游。
有的地方是神秘森林的绿阴的语言，
　有的地方是灰白荒漠干燥的心灰意懒，
　　有的地方是青春之花怒放的林径，
　　　有的地方是沉思的古老山岭。
云雾中孤寂的心声不可理喻，
　　我已把旋律掩盖的回忆
　　　　送进诗库，
仍有许多要做的事情。
　羞怯、惶惑、温和的笔触
　　未将暴烈、残忍、冷酷
　　收进创作室，
　　因而它乐曲的节拍里
　　　发生混乱，
　省悟为何惴惴不安？

在创造的舞台上，

具象和抽象

历来手拉手地翩翩起舞，

那矛盾的手和足

打造出美的造型，

显示出坦率的刚劲，

轻蔑地打破

音籁的蛊惑。

啊，雷神，

今日我赞颂你，以吠陀经典——

让你的轰响带来财富，

让我最后的歌成为愤怒曲调的门徒，

让云天的每条细缝

迸发出粗犷、豪放的旋律轰鸣，

让沉缅于唯美的耳朵

灌满你的斥责。

圣蒂尼克坦

1940 年 1 月 28 日

# 舵手

哦，我生命的舵手，
　人生游戏的大海上
　　　连天波涛汹涌起伏。
光影闪闪烁烁，
时而在前，时而在后，
漆黑的晦日的渡口漂走了
　　　望日的扁舟。
　　哦，舵手，
　　真理与谬误的矛盾
　　　　忽左忽右。


哦，我游戏的舵手，
　在死亡的退潮中你指挥
　　　生命之舟驶往何处？
　　蓝天的沉默携来
　　远方古奥的天籁，
　　幽茫、无边的虚空
　　从你的歌喉溢出。
　哦，游戏的舵手，
　　你以热血奏响神秘的

雄壮的经咒！

白昼消逝，第一颗不瞬的
晚星俯视大地之时，
　丛林里阴影稠浓，
　蜜蜂嗡嗡嘤嘤，
一张惬意的困倦之网
　在风中织就。
　梦河上游戏的舵手，
　　灰褐的韵律之帆，
　　　挂上你的轻舟！

暮霭与落日的影子
一起悄悄安置席位，
　蛩鸣震颤着暮空，
　方向女神正念诵经文？
　空气中处处是夜来香
　　怡人的轻抚。
　心中游戏的舵手，
　　你用黄昏凄清的贝哈格调，
　　　操单弦琴弹奏！

黑夜的海螺吹响的
法音，凝重、战栗。

永恒的离歌无伴，
在空廓的心天
无声无息地散布
沉重的忧愁。
你，我游戏的舵手，
在天上的恒河里航行，
荡起疏星的浮沤。

胸中擂响死亡之鼓，
没了快捷，没了延误，
生命的界限缓缓
融入死亡的界限。
扬起归程的风帆，
踏上西行之路。
哦，我的舵手，
不可思议的并不黑的无边黑暗，
由你详细地描述！

圣蒂尼克坦
1940 年 1 月 28 日

# 辞别

一似春天含笑归去，
　把最后一缕花香
　　抹在森林的额际，
　我知道，我知道
你离去时会投来灿烂的一笑，
　从你含情的刘海，
　　一朵无忧花以舞蹈的优雅
　　　轻盈地落地。
我独自坐在人生的码头上，
　看游戏的扁舟漂向远方。
　　当落日把绚烂的晚霞
　　向你的风帆泼去，
　　　我的长夜就笼罩在
　　　一片昏暗里。

1939 年

# 在弥留的尘土上

无量时日的光华，

我知道，

有一天曾经

贷款给我的双眼。

神王，

如今你提出偿还的要求，

债总是要还的，

这，我很清楚，

可你为何此刻

就为晚灯蒙上黑影？

我不过是

你以光辉创造的世界的过客。

这里，那里，

如有罅隙

尚未充填，

请鄙夷地

将其抛弃！

在弥留的尘土上，

留下你车辇

最后一道辙印，

容我构筑我的天地，

保留

些许光照，

些许暗影，

些许迷恋。

也许可以拾到

银河里隐逝的彗星的曳光——

光粒

是你未索要的残留的账务。

朱拉萨迦

1940 年 11 月 30 日

# 对死亡如此的蔑视

这宇宙间

滚动着痛苦的飞轮，

星球被碾成齑粉。

火花飞溅，

以痛苦的毁灭的粉尘之网

迅速遮盖万物的悲伤。

折磨生灵的工厂里

有意念活跃的院落。

那里回荡着戟矛的声响，

涌流着伤口的鲜血。

人的躯体渺小，

忍痛的毅力竟然无限！

在创造与毁灭的舞台上，

盛装岩浆的器皿

缘何搬至宇宙苦修的场所？

莫非是天帝可怖的疯狂？

为何人体这泥罐

灌满血红的哀号，

在泪河中漂浮？

战无不胜的人的意志

时刻赋予自己至高的价值。

在人体痛苦的祭火中

投入了多少供养?

星体的苦修

能与之相比?

竟有如此不可战胜的勇气的财富!

竟有如此坚定的忍耐!

竟有对死亡如此的蔑视!

在如此胜利的征程中,

一群群人踩着火焰,

为寻找痛苦的极限,

奔向无名的燃烧的圣地,

穿过火谷,

一路上这侍奉的泉水

是用不完的爱的川资。

朱拉萨迦

1940 年 11 月 4 日

# 新生活的探索

假如凄凉的长夜

消逝在

往昔的极远的渡口，

那么在孕育崭新奇迹的

儿童的世界里，

新的黎明将展开对新生活的探索。

得不到老问题的答案，

人们讽刺错愕的神经。

在儿童无忧无虑的娱乐中，

愿我依靠淳朴的信念找到简明答案，

这样的信念自己感到满足，

不去制造纠纷，

而以亲切的安抚

培养对真理的笃信。

朱拉萨迦

1940 年 11 月 15 日

# 我的未来

中午迷迷糊糊，

似在做梦——

我的生存之幕

垂落未知之河，

带走我的姓名，

带走我的名望，

带走"吝啬者"所有的珍藏，

带走甜蜜的时刻

抹上的污点的回忆。

自豪与羞耻

随波漂向远方，

无法收回。

心中疑惑：我成了无我的我，

丧失的一切

为谁感到特别悲愁？

我为之悲欢为之度过的昼夜

不是我的往昔，

是我的未来，

是任何时候都抓不住的，

其间有我的企盼，

它像泥土下的种子，

在漫长的黑夜怀着萌发的希望，

梦见未来的曙光。


乌达扬

1940 年 11 月 24 日 下午

# 我这一生

在康复之路上
收到的欢乐生命的请柬，
赋予我观察宇宙的新的视力。
沉浸于晨光的蓝天，
是远古时代
修道士①冥想时
静坐的蒲团，
大劫之初
无尽时光的第一个瞬间
显现在我面前。
我恍然省悟，
我这一生
是崭新的生生死死之链上的一环。
如同七彩阳光，
一切可见之物
都包含许多看不见的创造。

乌达扬

1940 年 11 月 25 日

①指梵天。

# 先哲的名言

经历了生活中
种种悲痛的灼烤，
先哲的名言
在我的心里一天天明亮。
世界以琼浆般的欢乐面目出现。
援引含有敌意的渺小证据
贬低崇伟，
是平庸的狡狯。
谁能完整地观瞻
散布于悠悠时空的真理的光荣，
谁的一生就臻于完美。

乌达扬
1940 年 11 月 28 日

# 临别之际

我不相信我的成就。
我知道岁月的大海
会以滚滚波涛
一天天将它消泯。
我相信我自己。
一日两次，
我畅饮
这杯里斟满的世界永恒的甘露。
它盈含
每时每刻的爱。
它的艺术，
不为悲恸压碎，
不为灰尘染黑。
我知道，
我离开世界舞台之后，
每个季节
花林都会证明
我曾爱过这个世界。
这真实的爱是今生的赠礼。
临别之际，
这透明的真实拒绝死亡。

乌达扬
1940 年 11 月 28 日

# 我还活着

把门打开！
吹散笼罩蓝天的阴霾。
让好奇的花香溜进我的病房，
让初露的曙光
在我周身的血管里流淌。
我还活着，
让我在绿叶的飒飒声中
听见热烈的祝贺。
黎明，
你以轻柔的雾纱遮覆我的心魂，
如同遮盖嫩草芊芊的绿野。
在吹过天空的风中，
我听见平日所得到的爱
在无声地絮语。
我曾沐浴在
它用过的灌顶大礼的圣水里。
仰望高远的青天，
我看见绵亘的真实生命
犹如一串璀璨的珠链。

乌达扬
1940 年 11 月 28 日

# 完善我的一生

在沉静的蔚蓝色天空

东山的光路飞速伸展，

就像风暴掠过之后，

晴空裸露宽广的胸怀。

这光路让我的生活

脱离昔日的迷雾之网！

在今世新生的门口，

新的苏醒吹响了法螺！

我期待着——

扯去阳光上色泽的盖罩，

中止以自身作玩具的失败的游戏，

淡泊的情爱

从自己的仁慈中获得最后的价值。

在光影斑驳的生命之河上漂泊之时，

愿我不再回首

欣赏两岸昔年生长的成就。

但愿我能让在多年的苦乐中泯灭了的自我

在自我之外，

在人世间亿万个飘荡的事件的行列中

获得席位。

但愿我无忧无欲的眼睛

　　能在无亲朋的谪居地看见他。

我的遗言就是——

让无限的纯洁

完善我的一生!


　　　　　　　　　　　乌达扬

　　　　　　　1940 年 12 月 3 日


我
是
人
间
的

诗
人

# 我熟识的伉俪

有一天黄昏我骤然看见，
"死"的右臂
揽着"生"的脖颈，
一条红绸连结着"生"与"死"的手臂——
这是我熟识的伉俪。
新娘——死亡
右手拿着贵重的妆奁——
新郎给"死"的无价聘礼，
从容地走向时间的终极。

乌达扬
1940 年 11 月 4 日

# 甜蜜的天国

甜蜜的天国，甜蜜的人间尘土——
捧起收藏走进灵府。
这是伟大的经文，
这是生命成就的旋律。
日日接纳的真实馈赠
饱含甘露，永不亏损。
梵音在死亡的尽头回荡——
"无极"的欢乐佐证一切"泯灭"纯属荒唐。
身上留有土地最后的抚摩，当我归去时
我要对尘土说："你的尘粒是吉祥痣，
嵌在我的眉心，
我于是看见虚无的灾厄背后闪烁着永恒。
尘土中蕴涵着真实的欢娱，
我向尘土行跪拜大礼。"

乌达扬
1941 年 2 月 14 日

# 人世最后的赠礼

心灵说：不要无益地叫喊——
节日之夜已经消逝，
烛光渐渐暗淡，
献祭的神曲已经唱完。
该留给家庭的都作了交代，
世俗的债务已经偿还。
最后的亮光，最后的歌词，
人世最后的赠礼，
都已统统打点成行李！

# 人生不过一瞬

人生不过一瞬，
　而我仍旧祝福
我的笔迹
　世代绵延。

# 人生游戏

昼夜不停的人生游戏——
贮藏谋取的东西。
在流年的狂飙中
一切都消融于空虚。

# 我默伫在日暮的驿馆的门口

独临人世的窗口，

我望见碧天那"无极"的手迹。

带着素馨花翠绿凉爽的情谊，

阳光投入阴影的怀抱。

心灵喃喃自语："不远了，不会太远了。"

曲径隐入西山的幽谷，

我默伫在日暮的驿馆的门口。

最后一座圣殿的银顶

在夕照里闪耀，

山门外传来白日消逝的磬声，

细微的余音融入此生全部的美质。

触及一切的灵魂在漫漫旅途中

显露出美善的征兆。

心灵喃喃自语："不远了，不会太远了。"

乌达扬

1941 年 2 月 3 日

# 我的人生戏剧接近尾声

在宏大无比的创造领域，
腾空而起的爆竹
横贯连绵的时代，
与日月星辰嬉戏。
我也来自无始的混沌，
像微小的火花
溅入狭小的国度和岁月。
如同快要暗淡的灯光，
我的人生戏剧已接近尾声，
暗影中显露戏剧的空幻。
在人生苦乐的舞台上，一件件道具脱落。
在剧院的门外，
我发现一代代演员
丢弃了五颜六色的服装，
在千千万万熄灭的星球的后院，
孤独的舞王默默无语。

乌达扬

1941 年 2 月 3 日

# 我抵达人生的黄昏

跨过荣誉跨过诋毁，
我抵达人生的黄昏，
坐在离别的码头上。
我对身体的坚信不掺一丝疑惑，
可它利用衰颓的机会嘲笑自己，
我见它事事捣乱，
损害我的成绩。
为使我免受欺侮，
一些人一刻不歇地为我站岗，
一些人站在一边
做日暮的最后安排。
我不说他们的名字，
他们个个在我心里。
他们对我昭示最后的荣誉，
设法让我忘记
衰弱生命的失败。
他们承认，
名望是为精力充沛者预备的。
他们证明，
孱弱者的命运中
也有人生最好的赠礼。
人一生要交纳声誉的税赋，

不容一星半点的浪费。
所有的价值耗尽之时，
在贫穷的爱情的祭品上
留下了"无限"的签字。

我是人间的
诗人

# 人生的织锦已经脱散

时光流逝，我默坐着寻思：
生命的赠予哪些已浪费？
哪些已偿还？哪些该保存？
哪些因保管不善而耗损？
得到了哪些该得的？赠送了哪些该赠的？
哪些属于最后的川资？
他们来了又离去，爱抚
被我织进了哪些情歌里？
我乱了方寸，未认清人，
心里徒然响起离别的足音。
也许我们并不相识，
谁肯给予原谅，尔后悄然离去？
如我对谁作了错误的批评，
我若不在人世，他是否会表示愤恨？
人生的织锦已经脱散，
缀补已没有时间。
在人生的终点留下永恒的爱情，
那里面是否有我不受尊重的伤痕？
我一再地默想：
就让我的死亡之手治愈那些创伤吧。

乌达扬

1941 年 2 月 13 日

# 今生今世

今生今世，
我得到了美的甘甜祝福，
高擎凡人的友谊之杯，
品尝到琼浆的滋味。
在无法忍受痛苦的日子里，
我认识了没被伤害、不可战胜的灵魂。
感觉到死亡阴影将至的一天，
我未成为恐惧手下的怯弱的败将。
我未丢失高尚之人的爱抚，
他们甘露般的语言，
被我收藏在心房。
我怀着感激的心情，
保存着生命之神恩惠的铭文。

乌达扬

1941 年 1 月 28 日

# 在诀别的门口

我常常觉得动身的时候到了，
揭开吧，请揭开
离别之日上
凝重的晚霞的帷幔！
肃静吧，
启程的时刻！
纪念会的隆重啊，
不要构成悲恸的虚幻！
在诀别的门口，
森林啊，
就让沉默的枝叶
诵念大地平静的经文！
慢慢降落吧，
夜阑无声的祝福
和大熊星座闪光的祭品！

# 今生的真正含义

轻轻垂落吧，

我的人生之幕！

彻悟的圣洁的灵光啊，

你穿过迷雾，

照亮甜美的真实！

在芸芸众生中，

一个永生之人的喜悦光芒

洒满我的心田！

在人世间的愤怒业已沉寂的天堂里，

让我见到永恒的安宁。

将不安分的行乞人群、

将生活中庸俗的盘根错节、

将社会上那些哄抬价值的虚伪的媒介

推得远远的，

在跨过今世的界限之前，

让我看清今生的真正含义。

乌达扬

1941 年

我是人间的诗人

# 往事历历在目

往事历历在目——

我生辰的洞房的净瓶里

盛着我采集的各国胜地的圣水。

我访问过中国，

以前不认识的东道主

在我前额的吉祥痣上写了

"你是我们的知音"。

陌生的面纱不知不觉地垂落了，

心中出现永恒的人。

出乎意料的亲密

开启了欢乐的闸门。

我起了个中国名字①，

穿上了中国的服装。

我深深地体会到：

哪里有朋友，

哪里就有新生和生命的奇迹。

在外国的花园里，

盛开着名字各异的鲜花——

---

①泰戈尔1924年访问中国时，梁启超为他起的中国名字是"竺震旦"。

它们的故土离这里很远。

在灵魂的乐土，

它们的情谊受到热烈的欢迎。

乌达扬

1941 年 2 月 21 日

我
是
人间
的

诗
人

# 昨天是我的生日

昨天是我的生日，
一位尼泊尔的佛教徒
闻讯来到
我居住的用石料建造的别墅。
在地上放个蒲团，
坐下吟诵礼赞佛陀的经文，
为我祈福——
我收下这份情义。
降生凡世的伟人释迦牟尼
曾使芸芸众生的生辰富有新意。
自人类诞生以后，
大千世界世代盼望着他的降临，
凡世创造的夙愿在他身上应验了。
在吉祥的时辰，
听着佛经，
我在心里瞻仰他的慈善面容，
我深切地感到——
八十年前进入人世，
我也曾分享这位伟人的功德。

蒙普
1940 年

# 向我致敬

接受我生日的邀请，
下午来了一群山民，
献给我一束束鲜花，
向我致敬。
坐在石座上的凡世
靠着祭火一代又一代地修行，
期望世人
在华诞赠送鲜花，
他可曾获得这样的恩典？
这样的恩典——
平民的美好敬意
今日送到我手中，
为我的生辰留下美好的回忆。
在镶嵌着明星的夜空，
在这华光的财富中，
可曾闪现过
这种罕见的令人惊叹的殊荣？

蒙普

1940 年

# 死亡为我披上燃烧的火焰

亲人去世的噩耗
刺伤今天生日的胸膛。
以自身的烈火焚烧自己，
悲恸放射出光芒。
这好似落日
在黄昏的额头
描上一颗荣耀的血红的吉祥痣，
使将至的深夜的面孔闪烁金光，
在人生的西边的边界上，
死亡为我披上燃烧的火焰。

在火光中
显现完整的人生，
其间生与死融为一体。
被拯救的荣耀显得明亮而不朽，
一天天
被悭吝的命运的贫困所掩盖。

蒙普
1940 年

# 我是人间的诗人

大千世界有多少事物我能认识？

众多的国家有林立的城邑——

人类创造了书写不尽的业绩，

地球上有无数峰峦、沙漠、海洋、溪涧，

大量生物尚未被发现，

许多花木仍然在迷宫里安眠。

宇宙光怪陆离，无涯无际，

我的心仅占了极小的一隅。

我为此苦恼，为此以不竭的兴趣

博览经典、游记，

兼收并蓄

生动形象的描述。

只有靠乞得的财富

才能把心中知识的贫乏弥补。


我是人间的诗人，

世上浮泛的声籁在我的笛声中回萦。

但许多遗落的心曲未进入

我音乐艺术的殿堂——

留下许多空隙。

无数个幽静的瞬息，

大地的合乐把遐想注入我的心底。

耸峙于宁静无垠的蓝天中的雪峰巍峨壮丽，

几度无声的浩歌，

将热情的请柬

送到我的心底。

南极上空

无名的星座

果断地送别

杳无人影的黑夜，

以神奇的清光

抚摩我午夜不眨不眠的眼睛。

远方气势磅礴的飞瀑轰鸣声

传入我幽深的心灵。

肤色迥异的各国诗人将自己的诗歌

洒入自然合唱的洪波。

我跻身于他们的行列，

与他们交往，分享其中的快乐。

我一向得到文艺女神的恩惠，

方有机缘细品宇宙之歌的佳味。


深藏表象背后的人最难探触，

无论何时从外表都无法猜度，

要了解他们隐蔽的心，

就得袒露自己的心，与之交流。

可是那门径我尚未找到，

因为人生的樊篱从中阻挠。

田野上农民在耕地，

工人在织布，渔民在撒网捕鱼——

他们从事广泛、繁重的劳动，

世界依赖他们向前迈进。

我一直徜徉在渺小的声誉之中，

我囿于社会上层，独倚窄小的窗棂。

有时走进村舍的庭院，

却没有能力跨过门槛。

我的生活若不维系他们的生活，

歌篮里就会装些无益的假货。

我接受这种责备——

我的歌曲并不完美。

我知道，我的诗歌

即便以多种途径也传不到每个角落。


我侧耳静听一位诗人的吟唱——

他全身散发着泥土的芳香。

他与农民打成一片，

言行上与他们有着真实的亲缘。

在文学的宴席上

我寻找我尚未奉献的诗章。

愿它富有真情实意，

不以高超的手笔魅惑读者的眼睛。

以缺乏真正价值的作品

在文坛上沽名钓誉是不光彩的。

趋附时髦的写作风格

亦非明智之举。

来吧，诗人！

默默无闻者钟爱的诗人，

去开拓他们心田的美好情愫。

在死气沉沉、没有歌声的国度，

用甘霖滋润被凌辱之火

烧成焦枯的荒漠之土，

疏通被壅塞的心中的清泉，

使流水顺畅无阻。

让参加文学交响音乐会的单弦琴师

也赢得荣誉。

啊，智者！

请让我倾听一些人的心语，

他们离我很近又很远，

他们在悲欢中沉默，

在世界面前垂首无言。

你与他们患难与共，

愿他们因你闻名而获得名声——

我将一再地
向你躬身施礼!

圣蒂尼克坦　乌达扬
1941 年 1 月 21 日

我是人间的

诗人

# 我走了

今日我奚落
我多年进行的语言的探索。
反复使用，长期磨砺，
耗损了它的精力。
于是它自贱自轻，
自己拿自己寻开心。
然而我知道语言中蕴含的未知
是不可言传的。
未知的使者
今日携我
前往远方，向无边的大海
俯身膜拜，
于是心儿说：
"我走了。"

大海中太阳结束白昼的旅程，
升起的晚星
为长夜指路，
他的飞车钻云穿雾，
在幽暗的海滩上
寻找新的黎明。

今日一切言谈听似喧哗，

它们走到陈腐的经文身边才将脚步停下，

经文萦绕在无声的山岗，

争执、疑惑全在死寂中消亡。

被暴风吹弱了的名气

不值一提。

黄昏时分，

关闭语言创造的书斋大门吧！

将大量垃圾大量谬误

弃于身后！

我一次次在心里说：

"我走了。"

那去处没有姓名，

形形色色的特殊身份将会泯逝。

实有与虚无

融为一物。

时日很完整，

没有黑暗，没有光明。

我的"自我"之流

渐渐注入彻悟的入海口。

难以预测表面变幻各种形态的幕布

最终是否在岁月之河中漂浮。

我将看到我游离自我的特质，

与外界的万象为伍，朝陌生的圣地前进。

岁暮将至，
旧我像松软的梗茎上的果实，
即将垂落。
它的感觉
竭力在我拥有的一切中间
把自己扩展。
我凝视着，
兴许能见到隐藏在心底深处的孤独者。
身后的诗人
也会涂抹亲手画出的陈旧作品。
遥远的前方是海洋，夜深人静，
我听见从海边传来我的足音。
路漫漫，
我这个旅人来到人世间，
做着世俗生活的工作。
在人生的路上不知不觉
我获得了不少东西，那其中值得欣赏的
无价之宝就是我花不完的川资。
心儿说："我走了。"
我的敬意留给一些后来者，
他们的生命之光照亮道路，
必将一次次清除彷徨。

乌达扬

1941 年 1 月 19 日

# 留下人生的一些祭品

我站在创造的华厅一隅，

瞭望昏暗的彼岸，

我曾在那里，

融化于混沌的无限的悟性之中。

今天早晨，我心中响起

修道士的呼唤——

哦，太阳[①]，

揭去你的光幕！

让我在你最深最纯的华光中

看见我的灵魂。

黄昏时分，

那个把元气融入空气的我的身躯

将化为灰烬。

他不会披着真理的外衣，

在旅途中撒下自己的身影。

在凡世的游乐场上，

我常常品尝苦乐的琼浆，

在"有限"的束缚中，

我是人间的诗人

---

①泰戈尔全名中第一个词语"罗宾"在孟加拉语中意为"太阳"。

一次次目睹"无限"。
我明白今生最终的意义
即在于此，
它具有美的外形，
在歌曲中不可描绘。
今日在开启游戏室门扉之时，
我将把我的崇敬
留在大地的神庙里，
我还将留下人生的一些祭品，
其价值超越死亡。

乌达扬
1941 年

# 踏上人生之路

怀着烂漫的理想踏上人生之路，
　　我勤勤恳恳地进行探索，
写下体裁繁多的作品，
　　也积累了不少负荷。
为寻求未得的，
　　是否继续前往混沌的海岸？
倾泻未曾歌赞的恋情，
　　琴弦是否会猝然裂断？

# 我的爱

我一生
用全部身心
执著地热爱
田野的光影。
我的爱
饱含着无限希望的赤诚，
把自己的语言
撒向无限的蓝天。
我的爱
交织着苦乐，
融于芽苞的胸怀
和花期将至的春夜，
未来的岁月之手
缠绕着它的圣线。

# 人生的黎明

你人生的黎明，
　　处处是旭日的柔光。
朝霞浣洗的宁静
　　簇拥在你的身旁。
在你人生的正午，
　　让甜美化为勇气，
完完全全地祛除
　　殚精造福的疲惫。

# 人世就是死亡之河

人世是活着的死亡——无穷的苦役！
死神也想死，可是现在还没有死去，
长期以死的形态活着。
人世就是死亡之河，它永远
流向大海，不会干涸——
每束浪花、每棵小草、每滴水珠
都不会停留，但它们同在同住！
世界是一个庞大的尸体，
你们就是它上面的蛆虫，
靠啃噬死尸而活命——
短时间内还会嗤嗤蠕动，
又会在死尸中苟且偷生。

# 相信这个世界

我已经处在人世的彼岸，
是何人把你从尘世派到这里？
你为什么从那里带来了光明、
清新的和风、花香的馥郁？
你的嗓音多么甘甜，语声柔和甜蜜！
哎呀呀，你那娇媚的形象多么美丽！
看到你那张朴实善良的面孔，
我才开始相信这个世界。
难道你是虚幻、瞬间的迷惑？
你是人世之树上开的一朵花，
人世是否也同你一样真实无错！
走吧，孩子，我们离开洞穴到外面去。
大洋的一个岸边是尘世，
而我就坐在大洋的另一个岸边，
你这艘金船就位于其间——
你常常把人世中的往事
从此岸带往人世的彼岸。

# 沿着人世之河漂泊

这里的所有人都显得悠闲自得，

沿着人世之河静静地漂泊。

有人回家去，有人在劳作，

在小小的苦乐中度日生活。

可是我为什么日日夜夜

要与人世的潮流竭力拼搏？

我不是已经向前走了几步？

可是我为何总是向后退缩？

逆流而行——才这样迷惑，

我，这是逆流向后退缩，

我，这是从众人所走的路上逃脱！

# 生命

在这美丽的世界上我并不想死，
在人世间我还想活下去。
在这春光明媚的百花园中，
我要为那活着的心灵寻找归宿。
生命的波涛永远翻滚着浪花，
有多少含泪的欢笑婵媛着离别与团聚。
如果我能建造一座不朽的诗歌大厦，
我就要把人类的悲喜织进诗歌里。
否则我活得再久又有什么意义？
在你们中间仿佛还有我的位置，
清晨和傍晚你们都去采撷花朵，
我可以让那些新歌绽开蓓蕾，
然后请你们面带笑容地去采集，
如果花儿干枯了，你们可以把它抛弃。

我是人间的诗人

# 生辰之歌

（拜哈格和乔达尔调）

从恐怖到你的无畏之中，

啊，请你塑造新的生命，

从贫穷到不朽的财宝之中，

从疑虑到真理的府邸之中，

从愚昧到新的生活之中，

啊，请你塑造新的生命。

啊，仙主，

从我的愿望到你的愿望之中，

啊，仙主，

从我的利益到你的幸福事业之中——

从众多到唯一的纽带中，

从悲欢到静谧的怀抱中，

啊，主宰者，

从我到你，再到我之中，

啊，请塑造新的生命。

# 白鹤

噢，青春；噢，我的绿火，

　　噢，新绿；噢，愚蠢者，

在与僵死搏斗中你已经复活。

你在酣醉的晨曦中畅饮红光之酒，

今天任凭人们妄加对你评说，

而你却轻松地藐视一切争论，

扬起尾羽，慢舞轻歌。

快来吧，我那顽强的绿火。


鸟笼在微风中徐徐摆动，

　　而在人们的内室和门厅，

一切都显得安闲宁静。

一只衰老而又极其练达的鸟，

把自己的头颈斜插在羽翼之中，

它犹如一尊沉睡的雕像，

蹲坐在漆黑而紧锁的鸟笼里。

快来吧，我那生机勃勃的绿火。


没有人向外面窥望探索，

　　也没有人观看洪水的呼啸、

春潮掀起的狂澜巨波。

大地之子在土地上播下足迹，

自己又不愿意离开故国。

只有那片翠绿的竹林，

显得高爽静寞。

快来吧，我那激动的绿火。


人们对你的到来并不喜悦。

　　当他们突然见到光明，

就会感到十分惊愕。

一旦人们触摸到你，就会怒不可遏。

他们就会离开床铺，走出房舍。

这时虚假就会从沉睡中醒来，

真与假就会拼搏。

快来吧，我那威武的绿火。


制造枷锁的女神的祭坛

　　岂能永恒屹立？

你这狂人呀，请到屋里吧。

狂风吹动胜利的旌旗，

欢声笑语划破了天幕，

湿婆的秋千早已荡起，

噢，孩子，把一切过失统统赐我！

快来吧，我那酣睡的绿火。

你清除前进道路上的障碍，

　我要奔向自由的王国，

在陌生之邦把道路开拓。

我知道前进的路上有危险，要拼搏，

因此生命才在我心中疯舞狂歌，

噢，兄弟，请在诵经读典者面前

燃起那焚毁陈腐路规的祭火。

快来吧，我那自由的绿火。


你永世长存，万古长青，

　你拂去迂腐的衰老，

广泛传播无限的生命。

清晨你使大地畅饮绿酒，

暴雨中你使乌云电闪雷鸣，

春天你把贝库尔花环

挂在人们激动的脖颈。

快来吧，我那不朽的绿火。

# 晚星消隐了

"啊，诗人，夜晚降临，你的头发已经变白。
在你孤寂的沉思中听到了来生的消息了么？"

"是夜晚了，"诗人说，"夜虽已晚，我还在静听，
因为也许有人会从村中呼唤。
我看守着，是否有年轻的飘游的心聚在一起，
两对渴望的眼睛希求有音乐来打破他们的沉默并替他
们说话。
如果我坐在生命的岸边默想死亡和来世，
又有谁来编写他们的热情的诗歌呢？"

"早现的晚星消隐了。
火葬灰中的红光在沉静的河边慢慢地熄灭下去。
残月的微光下，胡狼从空宅的庭院里齐声嗥叫。
假如有游子们，离了家，到这里来守夜，
低头静听黑暗的微语，有谁把生命的秘密向他耳边
低诉呢，
如果我关起门户，企图摆脱世俗的纠缠？"

"我的头发发白是一件小事。

我是永远和这村里最年轻的人一样年轻，

和最年老的人一样年老。

有的人发出甜柔的微笑，有的人的眼里含着狡狯的闪光。

有的人在白天流涌着眼泪，有的人的眼泪却隐藏在幽暗里。

他们都需要我，我没有时间去冥想来生。

我和每一个人都是同年的，我的头发变白了又该怎样呢？"

我
是
人
间
的

诗
人

# 附　录

本诗集新加标题与原诗集序号对照：

《当死神来扣你门的时候》、《我的死亡》、《生命默默地向我道别》、《召命已来》、《我爱今生》、《我渴望死于不死之中》为《吉檀迦利》90、91、92、93、95、100；《临走时你怎能空手》、《死神来到我门口》、《我的死亡》、《死后我将获得新生》、《生与死犹如两个疯子》、《即使现在死去》、《我留下的话语》为《献歌集》112、114、116、130、134、139、142；《这一天终将过去》、《人生之舟》为《歌之花环集》40、76；《在人世之海》为《妙曲集》88；《走向落日余晖之路的旅客》、《我降生之日》、《死亡与我亲密无间》、《人生之车》、《人生的光影》、《泥土在一直对我召唤》、《人生最后的码头》、《我将解脱》为《最后的星期集》6、22、39、40、43、44、45、46；《斟满我的人生之杯》、《人生》、《在人生舞台上》、《降生者》为《边沿集》6、7、10、13；《在弥留的尘土上》、《对死亡如此的蔑视》、《新生活的探索》、《我的未来》、《我这一生》、《先哲的名言》、《临别之际》、《我还活着》、《完善我的一生》、《我熟识的伉俪》为《病榻集》4、5、13、22、23、25、26、27、35、37；《甜蜜的天国》、《我默伫在日暮的驿馆的门口》、《我的人生戏剧接近尾声》、《我抵达人生的黄昏》、《人生的织锦已经脱散》、《今生今世》、《在诀别的门口》、《今生的真正含义》为《康复集》1、8、9、15、16、29、31、33；《往事历历在目》、《昨天是我的生日》、《向我致敬》、《死亡为我披上燃烧的火焰》、《我是人间的诗人》、《我走了》、《留下人生的一些祭品》为《生辰集》3、6、7、8、10、12、13；《踏上人生之路》、《我的爱》、《人生的黎明》为《火花集》5、30、94；《人世就是死亡之河》、《相信这个世界》、《沿着人世之河漂泊》为诗剧《大自然的报复》中的诗；《晚星消隐了》为《园丁集》2。

我是人间的

诗人

# 编后记

　　罗宾德拉纳特·泰戈尔（1861—1941）是印度著名诗人、作家。中国读者接触泰戈尔，大概是从1915年陈独秀在《新青年》上发表的从英文转译的泰戈尔4首短诗开始的。此后，中国一批年轻作家，诸如徐志摩、王统照、郑振铎、冰心等人，便开始从英文大量翻译泰戈尔的诗歌、小说等作品。特别是在1924年前后，在中国掀起了翻译和介绍泰戈尔作品的一个小高潮，泰戈尔在这一年的四五月间访问了中国。1961年，为纪念泰戈尔诞辰100周年，人民文学出版社出版了10卷本的《泰戈尔作品集》。《人民画报》1961年第6期专门开辟了"纪念印度诗人泰戈尔诞辰100周年"的专栏，刊登了徐悲鸿1940年为泰戈尔所画的肖像、泰戈尔在纨扇上为梅兰芳题写的赠诗以及中国出版的泰戈尔作品的照片等。除了石真女士翻译的作品外，其他绝大部分作品是从英文（少部分是从俄文）转译的。因此，一些读者误认为泰戈尔是用英文写作的诗人，并不知道泰戈尔是用孟加拉文写作的。一般读者比较熟悉冰心、郑振铎等人从英文翻译的《吉檀迦利》、《园丁集》、《新月集》、《飞鸟集》、《采果集》等作品，并不了解泰戈尔一生创作了50多部诗集，上述几部诗集只是泰戈尔诗歌创作的一小部分。

2001 年，河北教育出版社出版了《泰戈尔全集》，共 24 卷。1 ～ 8 卷为泰戈尔的诗歌（其中除冰心翻译的《吉檀迦利》外，全部从孟加拉文直接翻译）。对于文学研究者来说，通读泰戈尔的全部诗作是必要的，但是对一般读者来说就比较困难，因为他们没有那么多的时间和精力。我的挚友——中国印度比较文学研究领域的著名学者、深圳大学郁龙余教授，用一个寒假的时间，仔细通读了泰戈尔的全部诗作。他读后很有感触，于是建议我选编一套"泰戈尔诗歌精选"丛书，以满足广大读者，特别是青年读者的需要。我接受了这个建议，着手选编这套丛书。在选编过程中，郁龙余教授给予了我多方面的帮助和指导，实际上郁老师是这套丛书的真正策划者。没有他的策划和指导，就不会有这套丛书的问世。需要说明的是，绝大部分诗歌选自原有的译文，但也有少部分是编者新译。

本套丛书所选诗歌大部分都有标题，也有一小部分没有标题，只有序号。为了体例的统一和阅读的方便，凡是没有标题的诗歌，编者都加了标题。加标题的方法有以下三种：

第一种：从诗中选取一行，作为该诗的标题；第二种：从诗中选取一个词语或短语作为标题；第三种：根据一首诗的含义而添加标题。

　　丛书中新加标题的诗与原诗的对应关系，详见各集附录。

　　"泰戈尔诗歌精选"丛书的译诗分别出自五位译者。他们是冰心(《吉檀迦利》、《园丁集》)，郑振铎(《飞鸟集》)，黄志坤 (《故事诗集》、《暮歌集》、《晨歌集》、《小径集》、《献祭集》、《渡口集》、《歌之花环集》、《瞬息集》、《祭品集》、《献歌集》)，董友忱 (《画与歌集》、《刚与柔集》、《心声集》、《收获集》、《穆胡亚集》及诗剧《大自然的报复》、《秋天的节日》等)，其余为白开元译。

　　希望这套丛书能帮助广大读者（特别是年轻的读者)真正了解泰戈尔，并从他的诗歌中汲取精神营养，理解人生真谛。

　　我衷心感谢外语教学与研究出版社汉语分社的同事们！没有他们的支持和帮助，这套丛书是无法问世的。我还要感谢季羡林师长为本套丛书题写了丛书名。

　　由于编者水平所限，疏漏和错误在所难免。敬请专家和读者批评指正。

董友忱